UN DRAME DANS LES AIRS

Jules Verne

UN DRAME DANS LES AIRS

Au mois de septembre 185*, j'arrivais à Francfort-sur-le-Mein. Mon passage dans les principales villes d'Allemagne avait été brillamment marqué par des ascensions aérostatiques ; mais, jusqu'à ce jour, aucun habitant de la Confédération ne m'avait accompagné dans ma nacelle, et les belles expériences faites à Paris par MM. Green, Eugène Godard et Poitevin n'avaient encore pu décider les graves Allemands à tenter les routes aériennes.

Cependant, à peine se fut répandue à Francfort là nouvelle de mon ascension prochaine, que trois notables demandèrent la faveur de partir avec moi. Deux jours après, nous devions nous enlever de la place de la Comédie. Je m'occupai donc immédiatement de préparer mon ballon. Il était en soie préparée à la gutta-percha, substance inattaquable aux acides et aux gaz, qui est d'une imperméabilité absolue, et son volume — trois mille mètres cubes — lui permettait de s'élever aux plus grandes hauteurs.

Le jour de l'enlèvement était celui de la grande foire de septembre, qui attire tant de monde à Francfort. Le gaz d'éclairage, d'une qualité parfaite et d'une grande force ascensionnelle, m'avait été fourni dans des conditions excellentes, et, vers onze heures du matin, le ballon était rempli, mais seulement aux trois quarts, précaution indispensable, car, à mesure qu'on s'élève, les couches atmosphériques diminuent de densité, et le fluide, enfermé sous les bandes de l'aérostat, acquérant plus d'élasticité, en pourrait faire éclater les parois. Mes calculs m'avaient exactement fourni la quantité de gaz nécessaire pour emporter mes compagnons et moi.

Nous devions partir à midi. C'était un coup d'oeil magnifique que le spectacle de cette foule impatiente qui se pressait autour de l'enceinte réservée, inondait la place entière, se dégorgeait dans les rues environnantes, et tapissait les maisons de la place du rez-de-chaussée aux pignons d'ardoises. Les grands vents des jours passés avaient fait silence. Une chaleur accablante tombait du ciel sans nuages. Pas un souffle n'animait l'atmosphère. Par un temps pareil, on pouvait redescendre à l'endroit même qu'on avait quitté.

J'emportais trois cents livres de lest, réparties dans des sacs ; la nacelle, entièrement ronde, de quatre pieds de diamètre sur trois de profondeur, était commodément installée ; le filet de chanvre qui la soutenait s'étendait symétriquement sur l'hémisphère supérieur de l'aérostat ; la boussole était en place, le baromètre suspendu au cercle qui réunissait les cordages de support, et l'ancre soigneusement parée. Nous pouvions partir.

Parmi les personnes qui se pressaient autour de l'enceinte, je remarquai un jeune homme à la figure pâle, aux traits agités. Sa vue me frappa. C'était un spectateur assidu de mes ascensions, que j'avais déjà rencontré dans plusieurs villes d'Allemagne. D'un air inquiet, il contemplait avidement la curieuse machine qui demeurait immobile à quelques pieds du sol, et il restait silencieux entre tous ses voisins.

Midi sonna. C'était l'instant. Mes compagnons de voyage ne paraissaient pas.

J'envoyai au domicile de chacun d'eux, et j'appris que l'un était parti pour Hambourg, l'autre pour Vienne et le troisième pour Londres. Le cœur leur avait failli au moment d'entreprendre une de ces excursions qui, grâce à l'habileté des aéronautes actuels, sont dépourvues de tout danger. Comme ils faisaient, en quelque sorte, partie du programme de la fête, la crainte les avait pris qu'on ne les obligeât à l'exécuter fidèlement, et ils avaient fui loin du théâtre à l'instant où la toile se levait. Leur courage était évidemment en raison inverse du carré de leur vitesse… à déguerpir.

La foule, à demi déçue, témoigna beaucoup de mauvaise humeur. Je n'hésitai pas à partir seul. Afin de rétablir l'équilibre entre la pesanteur spécifique du ballon et le poids qui aurait dû être enlevé, je remplaçai mes compagnons par de nouveaux sacs de sable, et je montai dans la nacelle. Les douze hommes qui retenaient l'aérostat par douze cordes fixées au cercle équatorial les laissèrent un peu filer entre leurs doigts, et le ballon fut soulevé à quelques pieds du sol. Il n'y avait pas un souffle de vent, et l'atmosphère, d'une pesanteur de plomb, semblait infranchissable.

« Tout est-il paré ? » criai-je.

Les hommes se disposèrent. Un dernier coup d'œil m'apprit que je pouvais partir.

« Attention ! »

Il se fit quelque remuement dans la foule, qui me parut envahir l'enceinte réservée.

« Lâchez tout ! »

Le ballon s'éleva lentement, mais j'éprouvai une commotion qui me renversa au fond de la nacelle.

Quand je me relevai, je me trouvai face à face avec un voyageur imprévu, le jeune homme pâle.

« Monsieur, je vous salue bien ! me dit-il avec le plus grand flegme.

— De quel droit… ?

— Suis-je ici ?… Du droit que me donne l'impossibilité où vous êtes de me renvoyer ! »

J'étais abasourdi ! Cet aplomb me décontenançait, et je n'avais rien à répondre.

Je regardais cet intrus, mais il ne prenait aucune garde à mon étonnement.

« Mon poids dérange votre équilibre, monsieur ? dit-il. Vous permettez… »

Et, sans attendre mon assentiment, il délesta le ballon de deux sacs qu'il jeta dans l'espace.

« Monsieur, dis-je alors en prenant le seul parti possible, vous êtes venu…, bien ! vous resterez… bien !… mais à moi seul appartient la conduite de l'aérostat…

— Monsieur, répondit-il, votre urbanité est toute française. Elle est du même pays que moi ! Je vous serre moralement la main que vous me refusez. Prenez vos mesures et agissez comme bon vous semble ! J'attendrai que vous ayez terminé.

— Pour… ?

— Pour causer avec vous. »

Le baromètre était tombé à vingt-six pouces. Nous étions à peu près à six cents mètres de hauteur, au-dessus de la ville ; mais rien ne trahissait le déplacement horizontal du ballon, car c'est la masse d'air dans laquelle il est enfermé qui marche avec lui. Une sorte de chaleur trouble baignait les objets étalés sous nos pieds et prêtait à leurs contours une indécision regrettable.

J'examinai de nouveau mon compagnon.

C'était un homme d'une trentaine d'années, simplement vêtu. La rude arête de ses traits dévoilait une énergie indomptable, et il paraissait fort musculeux. Tout entier à l'étonnement que lui procurait cette ascension silencieuse, il demeurait immobile, cherchant à distinguer les objets qui se confondaient dans un vague ensemble.

« Fâcheuse brume ! » dit-il au bout de quelques instants

Je ne répondis pas.

« Vous m'en voulez ! reprit-il. Bah ! Je ne pouvais payer mon voyage, il fallait bien monter par surprise.

— Personne ne vous prie de descendre, monsieur !

— Eh ! ne savez-vous donc pas que pareille chose est arrivée aux comtes de Laurencin et de Dampierre, lorsqu'ils s'élevèrent à Lyon, le 15 janvier 1784. Un jeune négociant, nommé Fontaine, escalada la galerie, au risque de faire chavirer la machine !… Il accomplit le voyage, et personne n'en mourut !

— Une fois à terre, nous nous expliquerons, répondis-je, piqué du ton léger avec lequel il me parlait.

— Bah ! ne songeons pas au retour !

— Croyez-vous donc que je tarderai à descendre ?

— Descendre !   dit-il   avec   surprise…   Descendre ! — Commençons par monter d'abord. »

Et avant que je pusse l'empocher, deux sacs de sable, avaient été jetés par-dessus la nacelle, sans même avoir été vidés !

« Monsieur ! m'écriai-je avec colère.

— Je connais votre habileté, répondit posément l'inconnu, et vos belles ascensions ont fait du bruit. Mais si l'expérience est soeur de la pratique, elle est quelque peu cousine de la théorie, et j'ai fait de longues études sur l'art aérostatique. Cela m'a porté au cerveau ! » ajouta-t-il tristement en tombant dans une muette contemplation.

Le ballon, après s'être élevé de nouveau, était demeuré stationnaire.

L'inconnu consulta le baromètre et dit :

« Nous voici à huit cents mètres ! Les hommes ressemblent à des insectes ! Voyez ! Je crois que c'est de cette hauteur qu'il faut toujours les considérer, pour juger sainement de leurs proportions ! La place de la Comédie est transformée en une immense fourmilière. Regardez la foule qui s'entasse sur les quais et le Zeil qui diminue. Nous sommes au-dessus de l'église du Dom. Le Mein n'est déjà plus qu'une ligne blanchâtre qui coupe la ville, et ce pont, le Mein-Brucke, semble un fil jeté entre les deux rives du fleuve. »

L'atmosphère s'était un peu refroidie.

« Il n'est rien que je ne fasse pour vous, mon hôte, me dit mon compagnon. Si vous avez froid, j'ôterai mes habits et je vous les prêterai.

— Merci ! répondis-je sèchement.

— Bah ! Nécessité fait loi. Donnez-moi la main, je suis votre compatriote, vous vous instruirez dans ma compagnie, et ma conversation vous dédommagera de l'ennui que je vous ai causé ! »

Je m'assis, sans répondre, à l'extrémité opposée de la nacelle. Le jeune homme avait tiré de sa houppelande un volumineux cahier. C'était un travail sur l'aérostation.

« Je possède, dit-il, la plus curieuse collection de gravures et caricatures qui ont été faites à propos de nos manies aériennes. A-t-on admiré et bafoué à la fois cette précieuse découverte ! Nous n'en sommes heureusement plus à l'époque où les Montgolfier cherchaient à faire des nuages factices avec de la vapeur d'eau, et à fabriquer un gaz affectant des propriétés électriques, qu'ils produisaient par la combustion de la paille mouillée et de la laine hachée.

— Voulez-vous donc diminuer le mérite des inventeurs ? répondis-je, car j'avais pris mon parti de l'aventure. N'était-ce pas beau d'avoir prouvé par l'expérience la possibilité de s'élever dans les airs ?

— Eh ! monsieur, qui nie la gloire des premiers navigateurs aériens ? Il fallait un courage immense pour s'élever au moyen de ces enveloppes si frêles, qui ne contenaient que de l'air échauffé ! Mais, je vous le demande, la science aérostatique a-t-elle donc fait un grand pas depuis les ascensions de Blanchard, c'est-à-dire depuis près d'un siècle ? Voyez, monsieur ! »

L'inconnu tira une gravure de son recueil.

« Voici, me dit-il, le premier voyage aérien entrepris par Pilâtre des Rosiers et le marquis d'Arlandes, quatre mois après la découverte des ballons. Louis XVI refusait son consentement à ce voyage, et deux condamnés à mort devaient tenter les premiers les routes aériennes. Pilâtre des Rosiers s'indigna de cette injustice, et, à force d'intrigues, il obtient de partir. On n'avait pas encore inventé cette nacelle qui rend les manoeuvres faciles, et une galerie circulaire régnait autour de la partie inférieure et rétrécie de la montgolfière. Les deux aéronautes durent donc se tenir sans remuer chacun à l'extrémité de cette galerie, car la paille mouillée qui l'encombrait leur interdisait tout mouvement. Un réchaud avec du feu était suspendu au-dessous de l'orifice du ballon ; lorsque les voyageurs voulaient s'élever, ils jetaient de la paille sur ce brasier, au risque d'incendier la machine, et l'air plus échauffé donnait au ballon une nouvelle force ascensionnelle. Les deux hardis navigateurs partirent, le 21 novembre 1783, des jardins de la Muette, que le dauphin avait mis à leur disposition. L'aérostat s'éleva majestueusement, longea l'île des Cygnes, passa la Seine à la barrière de la Conférence, et, se dirigeant entre le dôme des Invalides et l'École militaire, il s'approcha de Saint-Sulpice.

Alors les aéronautes forcèrent le feu, franchirent le boulevard et descendirent au-delà de la barrière d'Enfer. En touchant le sol, le ballon s'affaissa et ensevelit quelques instants sous ses plis Pilâtre des Rosiers !

— Fâcheux présage ! dis-je, intéressé par ces détails, qui me touchaient de près.

— Présage de la catastrophe qui devait, plus tard, coûter la vie à l'infortuné ! répondit l'inconnu avec tristesse. Vous n'avez jamais rien éprouvé de semblable ?

— Jamais

— Bah ! les malheurs arrivent bien sans présage ! » ajouta mon compagnon.

Et il demeura silencieux.

Cependant, nous avancions dans le sud, et déjà Francfort avait fui sous nos pieds.

« Peut-être aurons-nous de l'orage, dit le jeune homme.

— Nous descendrons auparavant, répondis-je.

— Par exemple ! Il vaut mieux monter ! Nous lui échapperons plus sûrement. »

Et deux nouveaux sacs de sable s'en allèrent dans l'espace.

Le ballon s'enleva avec rapidité et s'arrêta à douze cents mètres. Un froid assez vif se fit sentir, et cependant les rayons du soleil, qui tombaient sur l'enveloppe, dilataient le gaz intérieur et lui donnaient une plus grande force ascensionnelle.

« Ne craignez rien, me dit l'inconnu. Nous avons trois mille cinq cents toises d'air respirable. Au surplus, ne vous préoccupez pas de ce que je fais. »

Je voulus me lever, mais une main vigoureuse me cloua sur mon banc.

« Votre nom ? demandai-je.

— Mon nom ? Que vous importe ?

— Je vous demande votre nom !

— Je me nomme Érostrate ou Empédocle, à votre choix. »

Cette réponse n'était rien moins que rassurante.

L'inconnu, d'ailleurs, parlait avec un sang-froid si singulier, que je me demandai, non sans inquiétude, à qui j'avais affaire.

« Monsieur, continua-t-il, on n'a rien imaginé de nouveau depuis le physicien Charles. Quatre mois après la découverte des aérostats, cet habile homme avait inventé la soupape, qui laisse échapper le gaz quand le ballon est trop plein, ou que l'on veut descendre ; la nacelle, qui facilite les manœuvres de la machine ; le filet, qui contient l'enveloppe du ballon et répartit la charge sur toute sa surface ; le lest, qui permet de monter et de choisir le lieu d'atterrage ; l'enduit de caoutchouc, qui rend le tissu imperméable ; le baromètre, qui indique la hauteur atteinte. Enfin, Charles employait l'hydrogène, qui, quatorze fois moins lourd que l'air, laisse parvenir aux couches atmosphériques les plus hautes et n'expose pas aux dangers d'une combustion aérienne. Le 1er décembre 1783, trois cent mille spectateurs s'écrasaient autour des Tuileries. Charles s'enleva, et les soldats lui présentèrent les armes. Il fit neuf lieues en l'air, conduisant son ballon avec une habileté que n'ont pas dépassée les aéronautes actuels. Le roi le dota d'une pension de deux mille livres, car alors on encourageait les inventions nouvelles ! »

L'inconnu me parut alors en proie à une certaine agitation.

« Moi, monsieur, reprit-il, j'ai étudié et je me suis convaincu que les premiers aéronautes dirigeaient leurs ballons. Sans parler de Blanchard, dont les assertions peuvent être douteuses, Guyton-Morveaux, à l'aide de rames et de gouvernail, imprima à sa machine des mouvements sensibles et une direction marquée. Dernièrement, à Paris, un horloger, M. Julien, a fait à l'Hippodrome de convaincantes expériences, car, grâce à un mécanisme particulier, son appareil aérien, de forme oblongue, s'est manifestement dirigé contre le vent. M. Petin a imaginé de juxtaposer quatre ballons à hydrogène, et au moyen de voiles disposées horizontalement et repliées en partie, il espère obtenir une rupture d'équilibre qui, inclinant l'appareil, lui imprimera une marche oblique. On parle bien des moteurs destinés à surmonter la résistance des courants, l'hélice par exemple ; mais l'hélice, se mouvant dans un milieu mobile, ne donnera aucun résultat. Moi, monsieur, moi j'ai découvert le seul moyen de diriger les ballons, et pas une académie n'est venue à mon secours, pas une ville n'a rempli mes listes de souscription, pas un gouvernement n'a voulu m'entendre ! C'est infâme ! »

L'inconnu se débattait en gesticulant, et la nacelle éprouvait de violentes oscillations. J'eus beaucoup de peine à le contenir.

Cependant, le ballon avait rencontré un courant plus rapide, et nous avancions dans le sud, à quinze cents mètres de hauteur.

« Voici Darmstadt, me dit mon compagnon, en se penchant par-dessus la nacelle. Apercevez-vous son château ? Pas distinctement, n'est-ce pas ! Que voulez-vous ? Cette chaleur d'orage fait osciller la forme des objets, et il faut un œil habile pour reconnaître les localités !

— Vous êtes certain que c'est Darmstadt ? demandai-je.

— Sans doute, et nous sommes à six lieues de Francfort.

— Alors il faut descendre !

— Descendre ! Vous ne prétendez pas descendre sur les clochers, dit l'inconnu en ricanant.

— Non, mais aux environs de la ville.

— Eh bien ! évitons les clochers ! »

En parlant ainsi, mon compagnon saisit des sacs de lest. Je me précipitai sur lui ; mais d'une main il me terrassa, et le ballon délesté atteignit deux mille mètres.

« Restez calme, dit-il, et n'oubliez pas que Brioschi, Biot, Gay-Lussac, Bixio et Barral sont allés à de plus grandes hauteurs faire leurs expériences scientifiques.

— Monsieur, il faut descendre, repris-je en essayant de le prendre par la douceur. L'orage se forme autour de nous. Il ne serait pas prudent…

— Bah ! Nous monterons plus haut que lui, et nous ne le craindrons plus ! s'écria mon compagnon. Quoi de plus beau que de dominer ces nuages qui écrasent la terre ! N'est-ce point un honneur de naviguer ainsi sur les flots aériens ? Les plus grands personnages ont voyagé comme nous. La marquise et la comtesse de Montalembert, la comtesse de Podenas, Mlle La Garde, le marquis de Montalembert sont partis du faubourg Saint-Antoine pour ces rivages inconnus, et le duc de Chartres a déployé beaucoup d'adresse et de présence d'esprit dans son ascension du 15 juillet 1781. À Lyon, les comtes de Laurencin et de Dampierre ; à Nantes, M. de Luynes ; à

Bordeaux, d'Arbelet des Granges ; en Italie, le chevalier Andréani ; de nos jours, le duc de Brunswick ont laissé dans les airs la trace de leur gloire. Pour égaler ces grands personnages, il faut aller plus haut qu'eux dans les profondeurs célestes ! Se rapprocher de l'infini, c'est le comprendre ! »

La raréfaction de l'air dilatait considérablement l'hydrogène du ballon, et je voyais sa partie inférieure, laissée vide à dessein, se gonfler et rendre indispensable l'ouverture de la soupape ; mais mon compagnon ne semblait pas décidé à me laisser manoeuvrer à ma guise. Je résolus donc de tirer en secret la corde de la soupape, pendant qu'il parlait avec animation, car je craignais de deviner à qui j'avais affaire ! C'eût été trop horrible ! Il était environ une heure moins un quart. Nous avions quitté Francfort depuis quarante minutes, et du côté du sud arrivaient contre le vent d'épais nuages prêts à se heurter contre nous.

« Avez-vous perdu tout espoir de faire triompher vos combinaisons ? demandai-je avec un intérêt… fort intéressé.

— Tout espoir ! répondit sourdement l'inconnu. Blessé par les refus, les caricatures, ces coups de pied d'âne, m'ont achevé ! C'est l'éternel supplice réservé aux novateurs ! Voyez ces caricatures de toutes les époques, dont mon portefeuille est rempli ! »

Pendant que mon compagnon feuilletait ses papiers, j'avais saisi la corde de la soupape, sans qu'il s'en fût aperçu. Il était à craindre, cependant, qu'il ne remarquât ce sifflement, semblable à une chute d'eau, que produit le gaz en fuyant.

« Que de plaisanteries faites sur l'abbé Miolan ! dit-il. Il devait s'enlever avec Janninet et Bredin. Pendant l'opération, le feu prit à leur montgolfière, et une populace ignorante la mit en pièces ! Puis la caricature des animaux curieux les appela Miaulant, Jean Minet et Gredin. »

Je tirai la corde de la soupape, et le baromètre commença à remonter. Il était temps ! Quelques roulements lointains grondaient dans le sud.

« Voyez cette autre gravure, reprit l'inconnu, sans soupçonner mes manœuvres. C'est un immense ballon enlevant un navire, des châteaux forts, des maisons, etc. Les caricaturistes ne pensaient pas que leurs niaiseries deviendraient un jour des vérités ! Il est complet, ce grand vaisseau ; à gauche, son gouvernail, avec le logement des pilotes ; à la proue, maisons de plaisance, orgue gigantesque et canon pour appeler l'attention des habitants de la terre ou de la lune ; au-dessus de la poupe, l'observatoire et le ballon-chaloupe ; au cercle équatorial, le logement de l'armée ; à gauche, le fanal, puis les galeries supérieures pour les promenades, les voiles, les ailerons ; au-dessous, les cafés et le magasin général des vivres.

Admirez cette magnifique annonce : « Inventé pour le bonheur du genre humain, ce globe partira incessamment pour les échelles du Levant, et à son retour il annoncera ses voyages tant pour les deux pôles que pour les extrémités de l'occident. Il ne faut se mettre en peine de rien ; tout est prévu, tout ira bien. Il y aura un tarif exact pour tous les lieux de passage, mais les prix seront les mêmes pour les contrées les plus éloignées de notre hémisphère ; savoir : mille louis pour un des dits voyages quelconques. Et l'on peut dire que cette somme est bien modique, eu égard à la célérité, à la commodité et aux agréments dont on jouira dans ledit aérostat, agréments que l'on ne rencontre pas ici-bas, attendu que dans ce ballon chacun y trouvera les choses de son imagination. Cela est si vrai, que, dans le même lieu, les uns seront au bal, les autres en station ; les uns feront chère exquise et les autres jeûneront ; quiconque voudra s'entretenir avec des gens d'esprit trouvera à qui parler ; quiconque sera bête ne manquera pas d'égal. Ainsi, le plaisir sera l'âme de la société aérienne ! » Toutes ces inventions ont fait rire… Mais avant peu, si mes jours n'étaient comptés, on verrait que ces projets en l'air sont des réalités ! »

Nous descendions visiblement. Il ne s'en apercevait pas !

« Voyez encore cette espèce de jeu de ballons, reprit-il, en étalant devant moi quelques-unes de ces gravures dont il avait une importante collection ! Ce jeu contient toute l'histoire de l'art aérostatique. Il est à l'usage des esprits élevés, et se joue avec des dés et des jetons du prix desquels on convient, et que l'on paye ou que l'on reçoit, selon la case où l'on arrive.

— Mais, repris-je, vous paraissez avoir profondément étudié la science de l'aérostation ?

— Oui, monsieur ! oui ! Depuis Phaéton, depuis Icare, depuis Architas, j'ai tout recherché, tout compulsé, tout appris ! Par moi, l'art aérostatique rendrait d'immenses services au monde, si Dieu me prêtait vie ! Mais cela ne sera pas !

— Pourquoi ?

— Parce que je me nomme Empédocle ou Érostrate ! »

Cependant, le ballon heureusement se rapprochait de terre ; mais, quand on tombe, le danger est aussi grave à cent pieds qu'à cinq mille !

« Vous rappelez-vous la bataille de Fleuras ? reprit mon compagnon, dont la face s'animait de plus en plus. C'est à cette bataille que Coutelle, par l'ordre du gouvernement, organisa une compagnie d'aérostiers ! Au siège de Maubeuge, le général Jourdan retira de tels services de ce nouveau mode d'observation, que deux fois par jour, et avec le général lui-même, Coutelle s'élevait dans les airs. La correspondance entre l'aéronaute et les aérostiers qui retenaient le ballon s'opérait au moyen de petits drapeaux blancs, rouges et jaunes. Souvent des coups de carabine et de canon furent tirés sur l'appareil à l'instant où il s'élevait, mais sans résultat. Lorsque Jourdan se prépara à investir Charleroi, Coutelle se rendit près de cette place, s'enleva de la plaine de Jumet, et resta sept ou huit heures en observation avec le général Morlot, ce qui contribua sans doute à nous donner la victoire de Fleuras. Et, en effet, le général Jourdan proclama hautement les secours qu'il avait retirés des observations aéronautiques.

Eh bien ! malgré les services rendus à cette occasion et pendant la campagne de Belgique, l'année qui avait vu commencer la carrière militaire des ballons la vit aussi terminer ! Et l'école de Meudon, fondée par le gouvernement, fut fermée par Bonaparte à son retour d'Égypte ! Et cependant, qu'attendre de l'enfant qui vient de naître ? avait dit Franklin. L'enfant était né viable, il ne fallait pas l'étouffer ! »

L'inconnu courba son front sur ses mains, se prit à réfléchir quelques instants. Puis, sans relever la tête, il me dit :

« Malgré ma défense, monsieur, vous avez ouvert la soupape ? »

Je lâchai la corde.

« Heureusement, reprit-il, nous avons encore trois cent livres de lest !

— Quels sont vos projets ? dis-je alors.

— Vous n'avez jamais traversé les mers ? » me demanda-t-il.

Je me sentis pâlir.

« Il est fâcheux, ajouta-t-il, que nous soyons poussés vers la mer Adriatique ! Ce n'est qu'un ruisseau ! Mais plus haut, nous trouverons peut-être d'autres courants ? »

Et, sans me regarder, il délesta le ballon de quelques sacs de sable. Puis, d'une voix menaçante :

« Je vous ai laissé ouvrir la soupape, dit-il, parce que la dilatation du gaz menaçait de crever le ballon ! Mais n'y revenez pas ! »

Et il reprit en ces termes :

« Vous connaissez la traversée de Douvres à Calais faite par Blanchard et Jefferies ! C'est magnifique ! Le 7 janvier 1788, par un vent de nord-ouest, leur ballon fut gonflé de gaz sur la côte de Douvres. Une erreur d'équilibre, à peine furent-ils enlevés, les força à jeter leur lest pour ne pas retomber, et ils n'en gardèrent que trente livres. C'était trop peu, car le vent ne fraîchissant pas, ils n'avançaient que fort lentement vers les côtes de France. De plus, la perméabilité du tissu faisait peu à peu dégonfler l'aérostat, et au bout d'une heure et demie les voyageurs s'aperçurent qu'ils descendaient.

« — Que faire ? dit Jefferies.

« — Nous ne sommes qu'aux trois quarts du chemin, répondit Blanchard, et peu élevés ! En montant, nous rencontrerons peut-être des vents plus favorables.

« — Jetons le reste du sable ! »

« Le ballon reprit un peu de force ascensionnelle, mais il ne tarda pas à redescendre. Vers la moitié du voyage, les aéronautes se débarrassèrent de livres et d'outils. Un quart d'heure après, Blanchard dit à Jefferies :

« — Le baromètre ?

« — Il monte ! Nous sommes perdus, et cependant voilà les côtes de France ! »

« Un grand bruit se fit entendre.

« — Le ballon est déchiré ? dit Jefferies.

« — Non ! la perte du gaz a dégonflé la partie inférieure du ballon ! Mais nous descendons toujours ! Nous sommes perdus ! En bas toutes les choses inutiles ! »

« Les provisions de bouche, les rames et le gouvernail furent jetés à la mer. Les aéronautes n'étaient plus qu'à cent mètres de hauteur.

« — Nous remontons, dit le docteur.

« — Non, c'est l'élan causé par la diminution du poids ! Et pas un navire en vue, pas une barque à l'horizon ! À la mer nos vêtements ! »

« Les malheureux se dépouillèrent, mais le ballon descendait toujours !

« — Blanchard, dit Jefferies, vous deviez faire seul ce voyage ; vous avez consenti à me prendre ; je me dévouerai ! Je vais me jeter à l'eau, et le ballon soulagé remontera !

« — Non, non ! c'est affreux ! »

« Le ballon se dégonflait de plus en plus, et sa concavité, faisant parachute, resserrait le gaz contre les parois et en augmentait la fuite !

« — Adieu, mon ami ! dit le docteur. Dieu vous conserve ! »

« Il allait s'élancer, quand Blanchard le retint.

« — Il nous reste une ressource ! dit-il. Nous pouvons couper les cordages qui retiennent la nacelle et nous accrocher au filet ! Peut-être le ballon se relèvera-t-il. Tenons-nous prêts ! Mais… le baromètre descend ! Nous remontons ! Le vent fraîchit ! Nous sommes sauvés ! »

« Les voyageurs aperçoivent Calais ! Leur joie tient du délire ! Quelques instants plus tard, ils s'abattaient dans la forêt de Guines. »

« Je ne doute pas, ajouta l'inconnu, qu'en pareille circonstance, vous ne prissiez exemple sur le docteur Jefferies ! »

Les nuages se déroulaient sous nos yeux en masses éblouissantes. Le ballon jetait de grandes ombres sur cet entassement de nuées et s'enveloppait comme d'une auréole. Le tonnerre mugissait au-dessous de la nacelle. Tout cela était effrayant !

« Descendons ! m'écriai-je.

— Descendre, quand le soleil est là, qui nous attend ! En bas les sacs ! »

Et le ballon fut délesté de plus de cinquante livres !

À trois mille cinq cents mètres, nous demeurâmes stationnaires. L'inconnu parlait sans cesse. J'étais dans une prostration complète, tandis qu'il semblait, lui, vivre en son élément.

« Avec un bon vent, nous irions loin ! s'écria-t-il. Dans les Antilles, il y a des courants d'air qui font cent lieues à l'heure ! Lors du couronnement de Napoléon, Garnerin lança au ballon illuminé de verres de couleurs, à onze heures du soir. Le vent soufflait du nord-nord-ouest. Le lendemain au point du jour, les habitants de Rome saluaient son passage au-dessus du dôme de Saint-Pierre ! Nous irons plus loin… et plus haut ! »

J'entendais à peine ! Tout bourdonnait autour de moi ! Une trouée se fit dans les nuages.

« Voyez cette ville, dit l'inconnu ! C'est Spire ! ».

Je me penchai en dehors de la nacelle, et j'aperçus un petit entassement noirâtre. C'était Spire. Le Rhin, si large, ressemblait à un ruban déroulé. Au-dessus de notre tête, le ciel était d'un azur foncé. Les oiseaux nous avaient abandonnés depuis longtemps, car dans cet air raréfié leur vol eût été impossible. Nous étions seuls dans l'espace, et moi en présence de l'inconnu !

« Il est inutile que vous sachiez où je vous mène, dit-il alors, et il lança la boussole dans les nuages. Ah ! c'est une belle chose qu'une chute ! Vous savez que l'on compte peu de victimes de l'aérostation depuis Pilâtre des Rosiers jusqu'au lieutenant Gale, et que c'est toujours à l'imprudence que sont dus les malheurs. Pilâtre des Rosiers partit avec Romain, de Boulogne, le 13 juin 1785. À son ballon à gaz il avait suspendu une montgolfière à air chaud, afin de s'affranchir, sans doute, de la nécessité de perdre du gaz ou de jeter du lest. C'était mettre un réchaud sous un tonneau de poudre ! Les imprudents arrivèrent à quatre cents mètres et furent pris par les vents opposés, qui les rejetèrent en pleine mer.

Pour descendre, Pilâtre voulut ouvrir la soupape de l'aérostat, mais la corde de cette soupape se trouva engagée dans le ballon et le déchira tellement qu'il se vida en un instant. Il tomba sur la montgolfière, la fit tournoyer et entraîna les infortunés, qui se brisèrent en quelques secondes. C'est effroyable, n'est-ce pas ? »

Je ne pus répondre que ces mots :

« Par pitié ! descendons ! »

Les nuages nous pressaient de toutes parts, et d'effroyables détonations, qui se répercutaient dans la cavité de l'aérostat, se croisaient autour de nous.

« Vous m'impatientez ! s'écria l'inconnu, et vous ne saurez plus si nous montons ou si nous descendons ! »

Et le baromètre alla rejoindre la boussole avec quelques sacs de terre. Nous devions être à cinq mille mètres de hauteur. Quelques glaçons s'attachaient déjà aux parois de la nacelle, et une sorte de neige fine me pénétrait jusqu'aux os. Et cependant un effroyable orage éclatait sous nos pieds, mais nous étions plus haut que lui.

« N'ayez pas peur, me dit l'inconnu. Il n'y a que les imprudents qui deviennent des victimes. Olivari, qui périt à Orléans, s'enlevait dans une montgolfière en papier ; sa nacelle, suspendue au-dessous du réchaud et lestée de matières combustibles, devint la proie des flammes ; Olivari tomba et se tua ! Mosment s'enlevait à Lille, sur un plateau léger ; une oscillation lui fit perdre l'équilibre ; Mosment tomba et se tua ! Bittorf, à Manheim, vit son ballon de papier s'enflammer dans les airs ; Bittorf tomba et se tua ! Harris s'éleva dans un ballon mal construit, dont la soupape trop grande ne put se refermer ; Harris tomba et se tua !

Sadler, privé de lest par son long séjour dans l'air, fut entraîné sur la ville de Boston et heurté contre les cheminées ; Sadler tomba et se tua ! Coking descendit avec un parachute convexe qu'il prétendait perfectionné ; Coking tomba et se tua ! Eh bien, je les aime, ces victimes de leur imprudence, et je mourrai comme elles ! Plus haut ! plus haut ! »

Tous les fantômes de cette nécrologie me passaient devant les yeux ! La raréfaction de l'air et les rayons du soleil augmentaient la dilatation du gaz, et le ballon montait toujours ! Je tentai machinalement d'ouvrir la soupape, mais l'inconnu en coupa la corde à quelques pieds au-dessus de ma tête… J'étais perdu !

« Avez-vous vu tomber Mme Blanchard ? me dit-il. Je l'ai vue, moi ! oui, moi ! J'étais au Tivoli le 6 juillet 1819. Mme Blanchard s'élevait dans un ballon de petite taille, pour épargner les frais de remplissage, et elle était obligée de le gonfler entièrement. Aussi, le gaz fusait-il par l'appendice inférieur, laissant sur sa route une véritable traînée d'hydrogène. Elle emportait, suspendue au-dessous de sa nacelle par un fil de fer, une sorte d'auréole d'artifice qu'elle devait enflammer. Maintes fois, elle avait répété cette expérience. Ce jour-là, elle enlevait de plus un petit parachute lesté par un artifice terminé en boule à pluie d'argent. Elle devait lancer cet appareil, après l'avoir enflammé avec une lance à feu toute préparée à cet effet. Elle partit. La nuit était sombre. Au moment d'allumer son artifice, elle eut l'imprudence de faire passer la lance à feu sous la colonne d'hydrogène qui fusait hors du ballon. J'avais les yeux fixés sur elle. Tout à coup, une lueur inattendue éclaire les ténèbres. Je crus à une surprise de l'habile aéronaute. La lueur grandit, disparut soudain et reparut au sommet de l'aérostat sous la forme d'un immense jet de gaz enflammé.

Cette clarté sinistre se projetait sur le boulevard et sur tout le quartier Montmartre. Alors, je vis la malheureuse se lever, essayer deux fois de comprimer l'appendice du ballon pour éteindre le feu, puis s'asseoir dans sa nacelle et chercher à diriger sa descente, car elle ne tombait pas. La combustion du gaz dura plusieurs minutes. Le ballon, s'amoindrissant de plus en plus, descendait toujours, mais ce n'était pas une chute ! Le vent soufflait du nord-ouest et le rejeta sur Paris. Alors, aux environs de la maison n° 16, rue de Provence, il y avait d'immenses jardins. L'aéronaute pouvait y tomber sans danger. Mais, fatalité ! Le ballon et la nacelle portent sur le toit de la maison ! Le choc fut léger. « À moi ! » crie l'infortunée. J'arrivais dans la rue à ce moment. La nacelle glissa sur le toit, rencontra un crampon de fer. À cette secousse, Mme Blanchard fut lancée hors de sa nacelle et précipitée sur le pavé. Mme Blanchard se tua ! »

Ces histoires me glaçaient d'horreur ! L'inconnu était debout, tête nue, cheveux hérissés, yeux hagards !

Plus d'illusion possible ! Je voyais enfin l'horrible vérité ! J'avais affaire à un fou !

Il jeta le reste du lest, et nous dûmes être emportés au moins à neuf mille mètres de hauteur ! Le sang me sortait par le nez et par la bouche !

« Qu'y a-t-il de plus beau que les martyrs de la science ? s'écriait alors l'insensé. Ils sont canonisés par la postérité ! »

Mais je n'entendais plus. Le fou regarda autour de lui et s'agenouilla à mon oreille :

« Et la catastrophe de Zambecarri, l'avez-vous oubliée ? Écoutez. Le 7 octobre 1804, le temps parut se lever un peu. Les jours précédents, le vent et la pluie n'avaient pas cessé, mais l'ascension annoncée par Zambecarri ne pouvait se remettre. Ses ennemis le bafouaient déjà. Il fallait partir pour sauver de la risée publique la science et lui. C'était à Bologne. Personne ne l'aida au remplissage de son ballon.

« Ce fut à minuit qu'il s'enleva, accompagné d'Andréoli et de Grossetti. Le ballon monta lentement, car il avait été troué par la pluie, et le gaz fusait. Les trois intrépides voyageurs ne pouvaient observer l'état du baromètre qu'à l'aide d'une lanterne sourde. Zambecarri n'avait pas mangé depuis vingt-quatre heures. Grossetti était aussi à jeun.

« — Mes amis, dit Zambecarri, le froid me saisit, je suis épuisé. Je vais mourir ! »

« Il tomba inanimé dans la galerie. Il en fut de même de Grossetti. Andréoli seul restait éveillé. Après de longs efforts, il parvint à secouer Zambecarri de son engourdissement.

« — Qu'y a-t-il de nouveau ? Où allons-nous ? D'où vient le vent ? Quelle heure est-il ?

« — Il est deux heures !

« — Où est la boussole ?

« — Renversée !

« — Grand Dieu ! la bougie de la lanterne s'éteint !

« — Elle ne peut plus brûler dans cet air raréfié », dit Zambecarri !

« La lune n'était pas levée, et l'atmosphère était plongée dans une ténébreuse horreur.

« — J'ai froid, j'ai froid ! Andréoli. Que faire ? »

« Les malheureux descendirent lentement à travers une couche de nuages blanchâtres.

« — Chut ! dit Andréoli. Entends-tu ?

« — Quoi ? répondit Zambecarri.

« — Un bruit singulier !

« — Tu te trompes !

« — Non ! »

« Voyez-vous ces voyageurs au milieu de la nuit, écoutant ce bruit incompréhensible ! Vont-ils se heurter contre une tour ? Vont-ils être précipités sur des toits ? »

« — Entends-tu ? On dirait le bruit de la mer !

« — Impossible !

« — C'est le mugissement des vagues !

« — C'est vrai !

« — De la lumière ! de la lumière ! »

« Après cinq tentatives infructueuses, Andréoli en obtint. Il était trois heures. Le bruit des vagues se fit entendre avec violence. Ils touchaient presque à la surface de la mer !

« — Nous sommes perdus ! cria Zambecarri, et il se saisit d'un gros sac de lest.

« — À nous ! » cria Andréoli.

« La nacelle touchait l'eau, et les flots leur couvraient la poitrine !

« — À la mer les instruments, les vêtements, l'argent ! »

« Les aéronautes se dépouillèrent entièrement. Le ballon délesté s'enleva avec une rapidité effroyable. Zambecarri fut pris d'un vomissement considérable. Grossetti saigna abondamment. Les malheureux ne pouvaient parler, tant leur respiration était courte. Le froid les saisit, et en un moment ils furent couverts d'une couche de glace. La lune leur parut rouge comme du sang.

« Après avoir parcouru ces hautes régions pendant une demi-heure, la machine retomba dans la mer. Il était quatre heures du matin. Les naufragés avaient la moitié du corps dans l'eau, et le ballon, faisant voile, les traîna pendant plusieurs heures.

« Au point du jour, ils se trouvèrent vis-à-vis de Pesaro, à quatre milles de la côte. Ils y allaient aborder, quand un coup de vent les rejeta en pleine mer.

« Ils étaient perdus ! Les barques épouvantées fuyaient à leur approche !… Heureusement, un navigateur plus instruit les accosta, les hissa à bord, et ils débarquèrent à Ferrada.

« Voyage effrayant, n'est-ce pas ? Mais Zambecarri était un homme énergique et brave. À peine remis de ses souffrances, il recommença ses ascensions. Pendant l'une d'elles, il se heurta contre un arbre, sa lampe à esprit-de-vin se répandit sur ses vêtements ; il fut couvert de feu, et sa machine commençait à s'embraser, quand il put redescendre à demi brûlé !

« Enfin, le 21 septembre 1812, il fit une autre ascension à Bologne. Son ballon s'accrocha à un arbre, et sa lampe y mit encore le feu. Zambecarri tomba et se tua !

« Et en présence de ces faits, nous hésiterions encore ! Non ! Plus nous irons haut, plus la mort sera glorieuse ! »

Le ballon entièrement délesté de tous les objets qu'il contenait, nous fûmes emportés à des hauteurs inappréciables ! L'aérostat vibrait dans l'atmosphère. Le moindre bruit faisait éclater les voûtes célestes. Notre globe, le seul objet qui frappât ma vue dans l'immensité, semblait prêt à s'anéantir, et, au-dessus de nous, les hauteurs du ciel étoile se perdaient dans les ténèbres profondes !

Je vis l'individu se dresser devant moi !

« Voici l'heure ! me dit-il. Il faut mourir ! Nous sommes rejetés par les hommes ! Ils nous méprisent ! Écrasons-les !

— Grâce ! fis-je.

— Coupons ces cordes ! Que cette nacelle soit abandonnée dans l'espace ! La force attractive changera de direction, et nous aborderons au soleil ! »

Le désespoir me galvanisa. Je me précipitai sur le fou, nous nous prîmes corps à corps, et une lutte effroyable se passa ! Mais je fus terrassé, et tandis qu'il me maintenait sous son genou, le fou coupait les cordes de la nacelle.

« Une !… fit-il.

— Mon Dieu !…

— Deux !… trois !… »

Je fis un effort surhumain, je me redressai et repoussai violemment l'insensé !

« Quatre ! » dit-il.

La nacelle tomba, mais, instinctivement, je me cramponnai aux cordages et je me hissai dans les mailles du filet.

Le fou avait disparu dans l'espace !

Le ballon fût enlevé à une hauteur incommensurable ! Un horrible craquement se fit entendre !… Le gaz, trop dilaté, avait crevé l'enveloppe ! Je fermai les yeux…

Quelques instants après, une chaleur humide me ranima. J'étais au milieu de nuages en feu. Le ballon tournoyait avec un vertige effrayant. Pris par le vent, il faisait cent lieues à l'heure dans sa course horizontale, et les éclairs se croisaient autour de lui.

Cependant, ma chute n'était pas très-rapide. Quand je rouvris les yeux, j'aperçus la campagne. J'étais à deux milles de la mer, et l'ouragan m'y poussait avec force, quand une secousse brusque me fit lâcher prise. Mes mains s'ouvrirent, une corde glissa rapidement entre mes doigts, et je me trouvai à terre !

C'était la corde de l'ancre, qui, balayant la surface du sol, s'était prise dans une crevasse, et mon ballon, délesté une dernière fois, alla se perdre au-delà des mers.

Quand je revins à moi, j'étais couché chez un paysan, à Harderwick, petite ville de la Gueldre, à quinze lieues d'Amsterdam, sur les bords du Zuyderzée.

Un miracle m'avait sauvé la vie, mais mon voyage n'avait été qu'une série d'imprudences, faites par un fou, auxquelles je n'avais pu parer !

Que ce terrible récit, en instruisant ceux qui me lisent, ne décourage donc pas les explorateurs des routes de l'air !

FIN